소설의 첫 만남

활용북

더 깊은 독서를 위한

독서력 세트

소설의 첫 만남

01-03

ISBN 978-89-364-5972-7(3권)

라면은 멋있다

공선옥 소설 | 김정윤 그림 | 값 7,500원 | ISBN 978-89-364-5855-3

"가난하면 사랑도 못 하나요?"
작가 공선옥이 들려주는 풋풋한 사랑 이야기

어려운 가정 형편을 속이고 연주를 사귀는 민수. 민수는 연주에게 멋진 생일 선물을 사 주기 위해 편의점 아르바이트를 시작하는데……. 라면만 먹어도 진심이 있다면 사랑은 멋지다!

내가 그린 히말라야시다 그림

성석제 소설 | 교은 그림 | 값 7,500원 | ISBN 978-89-364-5856-0

소년을 스쳐 간 운명의 장난
작가 성석제가 들려주는 선택에 관한 이야기

어린 시절 미술보다 축구를 좋아했던 백선규는 자라서 유명한 화가가 되었다. 하지만 그에게는 아무한테도 말하지 못한 비밀이 하나 있는데……. 선택과 인생의 부조리함을 진지한 필치로 그려낸 성장소설. ★중2 교과서 수록작

꿈을 지키는 카메라

김중미 소설 | 이지희 그림 | 값 7,500원 | ISBN 978-89-364-5857-7

힘보다 희망으로,
평화로 이기는 법

아람이는 재개발을 앞둔 시장의 모습을 카메라에 담는다. 어려움에 처한 이웃에게서 눈을 떼지 않으리라 다짐하며 아람이의 카메라는 오늘도 찰칵, 희망의 소리를 낸다.

라면은 멋있다

공선옥

1. 제목 보고 상상하기

'라면은 맛있다? 아니, 라면은 멋있다.'라고 표현한 제목의 의미를 생각해 보고, 책의 내용과 어떤 관련이 있는지 구체적으로 써 보자.

2. 인물 맵 그리기

인물의 성격이나 특징, 상황을 간단히 쓰고, 인물 간의 관계나 감정을 화살표로 표시해 보자.

나(민수)

연주(여자친구)

가족(아빠, 엄마, 누나)

진희(옛 여자친구)

3. 소설 속 인물 평가하기

다음에 제시된 '나(민수)'의 행동을 살펴보고, 인물의 행동에 대한 자신의 입장을 이야기해 보자.

"요새 공부에 재미 좀 붙였냐?"

아침에 서둘러서 집을 나가는 참인데 엄마가 뒤에서 물었다.

"예? 예, 뭐 그럭저럭."
"그래도 너무 무리하진 말어."

엄마가 흐흐흐, 흐뭇하게 웃는 것 같았다. 주경야독의 길이 이렇게 힘들 줄 몰랐다. 사실을 말하자면 주경야독은 아니다. 원래는 주경야독을 하려고 했다. 낮에는 편의점에서 일하고 밤에는 독서실에서 공부하자고 마음먹었는데 독서실에서 한 시간을 버티기가 어려웠다. 그래도 편의점에서 막바로 집에 가는 것보다는 독서실을 경유하여 집에 가는 것이 마음 편했다. 나는 어쨌든 독서실을 다녀온 것이 되니까.

★

진희는 내가 꼰대 같아서 '재섭다(재수 없다).'고 말하고 가 버렸다. 그러나 나는 안다. 진희가 나를 떠난 이유를. 그것은 내가 가난한 집 애이기 때문이다. 저를 위해 쓸 수 있는 돈이 내게 없기 때문이다. 그 애는 제 생일인데도 내가 선물을 사 주지 않았다고 잔뜩 삐쳤던 것이다. 그래서 나는 결심했다. 여자애를 사귈 때는 절대로 솔직해서는 안 된다고. 나는 나를 철저히 위장해야 한다. 위장하지 않으면 여자애들은 진희처럼 '재섭써.' 한마디 남기고 떠나 버릴 거니까.

내가 그린 히말라야시다 그림

성석제

1. 소설 속 두 명의 서술자가 다음과 같은 선택을 했다면 소설의 내용이 어떻게 전개되었을지 이야기해 보자.

(가) 내가 주 선생님을 찾아가서 말해야 했을까. 이건 내 그림이 아니라고. 다른 사람이 그린 그림이라고. 나는 그 사람만 한 재능이 없다고. 실수를 바로잡아 달라고.

(나) 그렇지만 단 한 번 상을 받을 뻔한 적은 있지. 스스로의 실수 때문에 못 받은 거니까 누구를 원망할 수도 없지만. 그 실수를 인정하고 내가 받을 상이 남에게 간 것을 바로잡을 수 있었을까. 할 수 있었을지도 몰라. 아버지에게 이야기했다면. 아니면 천수기 선생님한테라도.

2. 만약 나에게 소설 속 주인공과 같은 선택의 기회가 주어진다면 나는 어떤 선택을 할 것인지, 그리고 그 이유는 무엇인지 이야기해 보자.

만약 내가 남자 서술자라면?

만약 내가 여자 서술자라면?

꿈을 지키는 카메라

김중미

1. 각자 일상에서 차별받은 경험을 소개하고, 그때 어떤 기분이 들었는지 말해 보자.

2. 마지막으로 단 한 장의 사진을 찍어서 기록으로 남길 수 있다면 무엇을 기록하고 싶은가? 그 이유는?

문학이 낯선 아이들을 위한

마중물 세트

소설의 첫 만남

04-06

ISBN 978-89-364-5973-4(3권)

옥수수 뺑소니

박상기 소설 | 정원 그림 | 값 7,500원 | ISBN 978-89-364-5858-4

두 번의 교통사고! 진짜 뺑소니범은 누구일까?

현성이는 두 번의 교통사고를 당한 뒤 상황에 떠밀려서 거짓말을 하게 된다. 한번 시작한 거짓말은 풀 수 없는 매듭처럼 점점 엉켜 가는데……. 진실을 밝히는 용기에 관한 이야기.

림 로드

배미주 소설 | 김세희 그림 | 값 7,500원 | ISBN 978-89-364-5859-1

아이돌이 된 내 친구 우린 이제 영영 멀어지는 거니?

아기 때부터 친구였던 지오가 가수로 데뷔한 뒤 현영은 외로움에 휩싸인다. 현영은 방학을 맞아 미국에 있는 이모할머니 댁에 가지만, 좀처럼 지오 생각이 잊히지 않는다. 열여섯 살 마음을 물들인 첫사랑 이야기.

푸른파 피망

배명훈 소설 | 국민지 그림 | 값 7,500원 | ISBN 978-89-364-5860-7

다양한 이들이 모여 사는 푸른파 행성 청소년의 힘으로 일구어 낸 색다른 평화 이야기

저마다 다른 행성에서 이주해 온 사람들이 조화롭게 살던 푸른파 행성에 갑작스레 전쟁의 기운이 감돈다. 식자재 배급에도 차질이 생겨 한쪽에는 고기만, 다른 쪽에는 야채만 배달되는데……. 푸른파 행성은 다시 평화를 찾을 수 있을까?

박상기

1. 작품 속 등장인물인 '나', '옥수수 아저씨', '선글라스 아저씨'의 인물 특성(성격)을 생각해 보고, 각 인물에 대한 한 줄 평가를 작성해 보자.

등장인물	인물 특성(성격)	한 줄 평가
나		
옥수수 아저씨		
선글라스 아저씨		

2. 다음을 통해 '나'의 내적 갈등과 그 해결 방법을 정리해 보자.

다시 깨진 스마트폰을 바라보았다. 누군가에게 보상받지 못하면 내가 물어 줘야 한다. 이 사실을 떠올리자 망설임이 줄어들었다. 나는 집 전화로 옥수수 아저씨의 번호를 하나씩 누르기 시작했다. 손가락이 미미하게 떨렸다.

★

나 역시 죽어 있었다. 그 대가로 백만 원을 받는 것이었다. 한번 죽은 척하고 성능 좋은 컴퓨터와 멋진 스마트폰을 장만할 계획이었다.
그런데 정말 죽을지도 모르는 사람이 생각났다. 옥수수 아저씨의 늦둥이 아기였다. 산소 호흡기를 쓰고 힘겹게 숨 쉬는 그 녀석은 진짜였다. 내 손에 들린 옥수수는 아직 따뜻했다.
나는 곧바로 자리에서 일어났다. 그리고 재빨리 평상복으로 갈아입었다.

3. 주인공인 '나'는 검은 자동차에 부딪혀 친구의 스마트폰 액정이 깨지는 사고를 당했으나, 연락처가 없다는 이유로 옥수수 아저씨에게 연락을 한다. 또한 부모님이 옥수수 아저씨를 뺑소니라고 오해했으나 제대로 해명하지 않는다. 이러한 '나'의 행동에 대해 자신의 생각을 이야기해 보자.

4. 작품 속 주인공과 비슷한 갈등의 경험이 있는지 떠올려 보고, 그 일이 나에게 어떤 영향을 미쳤는지 이야기해 보자.

림 로드

배미주

- 이 작품을 연극으로 상연하기 위해, 다음 장면을 희곡으로 각색해 보았다.

"나 지오가 너무 좋아. 날마다 그 애 생각만 나. 팬 사이트 들어가서 지오 사진 보는 게 하루의 낙이야. 연습생인데 인기 많더라?"

"그래서?"

말투가 까칠하게 나왔다. 난 그 애의 립밤 색깔이 너무 빨간 게, 얼굴에 바른 비비 크림이 하얗게 뜬 게 보기 싫다고 생각했다.

"지오 좀 만나게 해 줘. 너 지오랑 친하다며? 어릴 때부터 친구였다던데."

"싫은데? 내가 왜?"

나는 단번에 거절했다. 나도 못 본다는 말은 하지 않았다. 윤주의 얼굴이 제 입술만큼 새빨개지더니 홱 돌아서 갔다.

너희가 인터넷에서 보는 지오는 진짜 지오가 아니야. 내가 아는 지오가 진짜 지오야. 집으로 돌아오는 길 내내 그런 생각을 했다. 이렇게 외롭고 그립고 화가 나는 마음이 어떤 건지 나 자신도 잘 몰랐다.

교실 안

연주: (웃으며 다가와) 나 지오가 너무 좋아.
날마다 그 애 생각만 나. 팬 사이트 들어가서
지오 사진 보는 게 하루의 낙이야.
연습생인데 인기 많더라?

현영: (까칠하게 연주의 얼굴을 노려보며) 그래서?

연주: (현영의 손을 잡으며) 지오 좀 만나게 해 줘.
너 지오랑 친하다며? 어릴 때부터 친구였다던데.

현영: (굳은 표정으로) 싫은데? 내가 왜?

윤주, 홱 돌아서 간다.

하굣길, 아파트 골목

현영, 작은 돌멩이를 계속 걷어차며 걷는다. 돌멩이가 멀리 날아가자 그 자리에 풀썩 주저앉는다.

1. 소설과 희곡이 어떻게 다른지 이야기해 보자. 인물의 심리를 제시하는 방법의 차이에 대해 살펴보자.

2. 배역을 나누어 감정을 담아 표현해 보자.

3. 또 다른 장면도 희곡으로 고쳐 써 보자.

"현영, 외로워?"

가게에서 햄버거를 먹고 있는데 이모할머니가 물었다. 나는 고개를 저었다. 지난 일 년 동안 외로움은 나의 유일한 벗이었다. 새삼스러울 게 없었다.

"이거 받아. 찾느라 어제 온 집 안을 다 뒤졌지 뭐야."

이모할머니가 내놓으신 건 뜻밖에도 아이패드였다.

"아들이 준 건데 우린 쓸 줄 몰라. 네가 폰도 로밍 안 해 왔다고 해서……. 이 층의 컴퓨터는 우리가 저녁마다 드라마 보느라 독점하잖니."

나는 아이패드를 물끄러미 내려다보았다.

"한국 소식, 궁금하지 않아? 네 또래들은 인터넷 많이 하던데."

나는 조그맣게 중얼거렸다.

"궁금하지 않아요."

푸른파 피망

배명훈

1. '나'와 '채은신지'의 싸움과 행성 간 전쟁이 어떤 점에서 다른지 말해 보자.

2. 고기나 채소만 먹을 때의 맛과 고기와 채소를 함께 먹을 때의 맛을 표현해 보자.

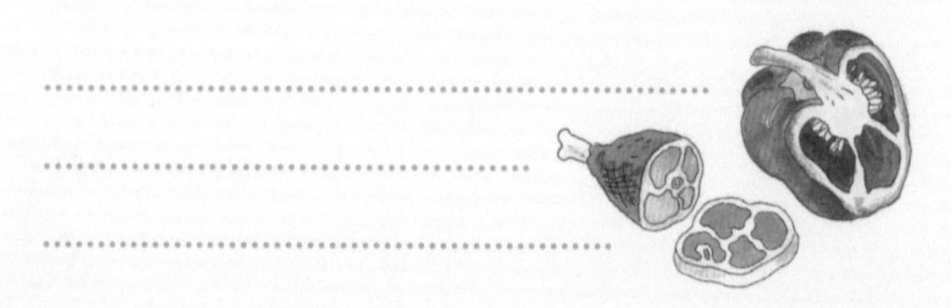

3. "없었던 일이 아니니까 그렇지.
분명히 있었던 일이니까 되돌리기 쉽지 않다고."
우리는 남과 북이 따로 국가를 수립한 분단국가에 살고 있다.
남북 관계를 개선하기 위해 정부와 시민이 해야 할 일에 대해
토의해 보자.

마음이 한 뼘 커지는

표현력 세트

소설의 첫 만남
07-09

ISBN 978-89-364-5974-1(3권)

누군가의 마음

김민령 소설 | 파이 그림 | 값 7,500원 | ISBN 978-89-364-5861-4

알 듯 말 듯 엇갈려 온 우리 사이
언젠가는 닿을 수 있을까?

눈에 띄지 않던 아이 강메리가 같은 반 남자아이들에게 차례로 고백하면서 교실 안이 술렁인다. 이제 고백을 듣지 못한 아이는 단 두 명뿐. 강메리, 너의 마음은 어떤 거니?

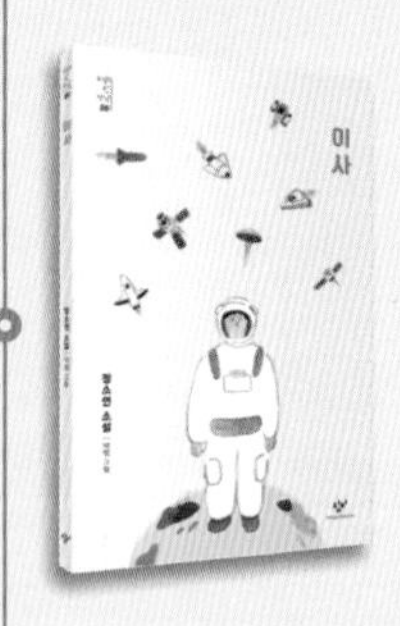

이사

정소연 소설 | 백햄 그림 | 값 7,500원 | ISBN 978-89-364-5862-1

나의 우주는 이제, 달라질 거야
SF 작가 정소연이 펼쳐 보이는 새로운 세계

지후는 가족과 함께 다른 행성으로 이주해야 한다. 아픈 여동생 지혜를 치료하려면 어쩔 수 없다지만, 지후는 부모님의 결정이 야속하기만 하다. 지후에게는 고향 마키엔데를 떠나면 안 되는 특별한 꿈이 있기 때문이다.

미식 예찬

최양선 소설 | 시호 그림 | 값 7,500원 | ISBN 978-89-364-5863-8

비엔나소시지가 입 안에서 뽀드득!
내 사랑은 이토록 맛있게 시작되었다

이른 사춘기를 걱정하는 엄마 때문에 유기농 음식만 먹어야 하는 지수. 그래도 예찬이와 함께라면 점심시간이 행복하다. 지수는 용기를 내 예찬이에게 고백하지만 대답을 듣지 못하는데……. "예찬아, 넌 내가 싫은 거니?"

누군가의 마음

김민령

1. 등장인물이 저마다 어떤 상황에 처해 있으며 어떤 행동을 보이는지 정리해 보자.

고재영	
천영표	중학교 때부터 일진으로 유명했다. 고등학교에 와서 말썽을 피운 적은 없다. 다른 아이들이 무뚝뚝한 영표의 눈치를 보는 편. 친구가 없는 고재영에게 말을 건넨다.
강메리	

2. 이 작품 속의 서술자 고재영은 형의 죽음으로 힘들어하지만 강메리를 보면서 어떻게든 학교에 다닐 힘을 얻었다. 이처럼 힘이 들 때 기운을 내게 도와주는 존재, 자기 삶의 동력이 되는 존재가 있는지 이야기해 보자.

「누군가의 마음」 수록작

창가 앞에서 두 번째 자리

김민령

1. 작품의 말미에 모은이는 애나가 상상 속의 친구였다는 사실을 알게 되었다. 모은이의 마음을 위로하며, 학교생활에서 모은이처럼 외로움을 겪은 비슷한 경험이 있다면 나눠 보자.

이사

정소연

1. "지후는 오빠고, 이제 다 컸잖아."
   가족에게 억울한 마음이 들었던 경험을 나누고, 어떻게 하면 억울한 마음이 풀릴지 가족에게 표현해 보자.

2. 이사나 전학, 혹은 낯선 환경에 적응해야 했던 경험을 소개해 보자.

「이사」 수록작

재회

정소연

1. 한 번뿐인 시험에서 떨어지고 만 수미가 우주 비행사 선발 재시험 기회를 얻고자 한다면, 본사를 상대로 어떤 의견을 제시해야 할지 토의해 보자.

미식 예찬

최양선

1. 본문의 내용을 참고하여 만든 다양한 상황을 상상해 보고, 상황별로 둘이 나눌 대화를 만들어 보자.

지수는 좋아하는 예찬이를 직접 찾아가서 왜 학원에 안 나오느냐고 물어보려고 합니다. 지수는 예찬이에게 준 손편지에 대한 반응도 궁금합니다.

편의점에서 만나 둘은 컵라면에 뜨거운 물을 붓고 자리에 앉았습니다. 어색함이 감돌아 지수는 마음 속으로 초를 세었습니다. 3분이니 180까지만 세면 된다고 합니다. 76초가 되었을 때 예찬이와 눈이 마주칩니다.

상황 1 예찬이는 이미 다른 여자친구를 사귀고 있었다.

지수 :

예찬 :

상황 2 예찬이는 지수가 쓴 손편지의 의미를 이해하지 못하고 있다.

지수 :

예찬 :

상황 3 예찬이는 지수랑 헤어질 아픔을 피하고 싶어 답을 하지 않고 있었다.

지수 :

예찬 :

2. 이성 친구를 처음으로 좋아하게 된 때가 있다면 이야기해 보고, 그 기분을 담아 '첫사랑'이라는 글자로 3행시를 써 보자.

첫

사

랑

『미식 예찬』 수록작

상대의 법칙

최양선

1. 이 작품에서 '공기의 저항', '관성의 법칙' 같은 낱말의 의미를 작가가 어떻게 사용하고 있는지 말해 보자.

2. '질량 보존의 법칙'과 작품에서 말하는 '상대의 법칙'을 연관하여 설명해 보자.

3. '공부를 못하면 일찌감치 자기 진로를 정해 갈 필요가 있다.'라는 주제로 토론해 보자.

더불어 사는 법을 배우는

공감력 세트

소설의 첫 만남

10-12

ISBN 978-89-364-5968-0(3권)

칼자국

김애란 소설 | 정수지 그림 | 값 7,500원 | ISBN 978-89-364-5876-8

긴 세월 칼과 도마를 놓지 않은 어머니에 대한 기억

20여 년 동안 국숫집을 하며 '나'를 키운 어머니의 삶. 주인공은 어머니의 부고를 듣고 나서야 그 억척스러운 삶을 돌아보게 된다. 김애란 작가가 들려주는 가슴 뭉클한 이야기.

하늘은 맑건만

현덕 소설 | 이지연 그림 | 값 7,500원 | ISBN 978-89-364-5877-5

가슴 뜨끔한 거짓말! 푸른 하늘 아래 문기는 고개를 들 수 있을까?

문기는 심부름을 하다가 우연히 많은 돈을 받게 된다. 그 돈을 수만이와 같이 장난감을 사는 데 써 버린 문기는 곧 죄책감에 시달리고, 수만이와도 다투게 되는데……. 편치 않은 비밀을 품게 된 문기의 이야기. ★중1 교과서 수록작

뱀파이어 유격수

스콧 니컬슨 소설 | 송경아 옮김 | 노보듀스 그림 | 값 7,500원
ISBN 978-89-364-5878-2

우리 야구팀의 유격수는 뱀파이어! 뱀파이어도 인간과 함께 어울려 살 수 있을까?

계몽된 시대, 사람들은 더 이상 '다름'을 대놓고 차별하거나 멸시하지 못한다. 하지만 치열하게 승부를 겨루는 리틀 야구 대회에 뛰어난 실력을 갖춘 뱀파이어 유격수가 나타나자 그를 바라보는 사람들의 시선은 곱지 않은데…….

칼자국

김애란

1. 작품 속 화자는 어머니를 보면서 "어머니는 좋은 어미다. 어머니는 좋은 여자다. 어머니는 좋은 칼이다. 어머니는 좋은 말〔言〕이다."라고 이야기한다. 각자 자신의 어머니는 어떤 말에 빗대어 설명할 수 있을지 생각해 보자.

2. '어머니'라고 표현할 때와 '어미'라고 표현할 때 느낌이 어떻게 다른지 설명해 보자.

'어머니'라고 표현할 때	'어미'라고 표현할 때

3. 주인공의 입장에서 돌아가신 어머니에게 편지를 적어 보자.

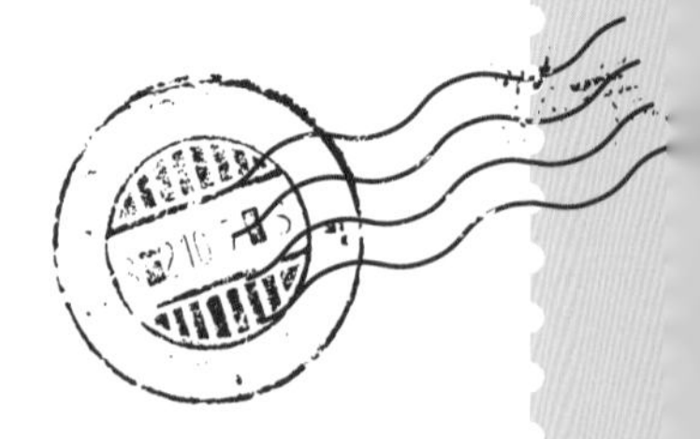

하늘은 맑건만

현덕

1. 문기와 수만이의 성격이 어떻게 다른지 생각해 보고, 자신은 누구의 성격과 더 가까운지 생각해 보자.

문기의 성격

수만이의 성격

나의 성격

2. 소설의 마지막 장면에서 문기가 맑은 하늘을 떳떳이 볼 수 있게 된 이유를 적어 보자.

『하늘은 맑건만』 수록작

고구마

현덕

1. 소설 내용과 일치하는 문장에는 ○,
그렇지 않은 문장에는 × 표시를 해 보자.

- 기수와 수만이는 어린 시절 앙숙이었다. (   )
- 수만이는 아버지가 돌아가신 뒤 말수가 적어졌다. (   )
- 인환이는 수만이를 의심하는 아이들에 맞서 싸운다. (   )
- 기수는 한 번도 수만이를 의심하지 않는다. (   )

2. 친구들은 수만이가 고구마를 훔쳐 먹었다고 오해하고 추궁한다. 이처럼 자신도 친구를 오해하거나 잘못 비난한 적이 있었는지 생각해 보자.

....

....

....

....

....

3. **다음 장면에서 왜 기수가 부끄러워했는지 생각해 보고, 기수의 입장에서 속마음을 털어놓는 일기를 적어 보자.**

묻지 않아도 수만이 어머니가 남의 집 부엌일을 해 주고 얻어 온 것이리라. 수만이는 무한 남부끄러움에 취해 고개를 들지 못하고 섰다. 그러나 그 수만이보다 갑절 부끄럽기는 인환이었다. 아이들이었다. 기수 자신이었다.

뱀파이어 유격수

스콧 니컬슨

1. 소설을 읽고 야구 용어를 조사해 정리해 보자.

용어	뜻
안타	야구에서 타자가 1루 이상을 갈 수 있게 공을 치는 일. 또는 그 공.
파울	파울 라인 바깥으로 떨어져서 안타 등으로 인정받지 못하는 공.
스트라이크	
볼	
볼넷	
삼진	
도루	
세이프	
더그아웃	

2. 자신이 기자라면 제리가 나무 스파이크에 맞아 소멸하고 만 결승전 경기를 어떻게 보도할지 생각해 보고, 기사로 적어 보자.

독서포기자들을 위한 새로운 소설 읽기 프로젝트

소설의 첫 만남

1. 뛰어난 문학 작품을 다채로운 그림과 함께 읽는다

새로운 감성으로 단장한 얇고 아름다운 문고입니다.
긴 글보다는 시각적 이미지에 친숙한 청소년들을 위해
다채로운 삽화를 더해 마치 웹툰처럼 흥미진진하게 읽힙니다.

2. 책과 멀어진 아이들을 위한 책

한 손에 잡히는 책의 크기와 길지 않은 분량 덕분에
그간 책과 멀어졌던 아이들에게 권하기에 적절합니다.

3. 학교 현장의 선생님들이 더욱 기대하고 추천하는 책

'소설의 첫 만남' 시리즈는 학교 현장의 선생님들에게 선공개되어
"이런 책을 기다려 왔다!"라는 뜨거운 기대평을 모았습니다.

4. 더 깊은 독서를 위한 마중물

깊은 샘에서 펌프로 물을 퍼 올리려면 위에서 한 바가지의 마중물을
부어야 합니다. '소설의 첫 만남' 시리즈는 아이들이 다시금
책과 가까워질 수 있도록 마중물 역할을 합니다.

“이런 책을 기다려 왔다!”

★★★★★

학교 현장에서 들려온 뜨거운 찬사
아이들이 먼저 손에 들고 좋아하는 책

“동화책에서 소설로 향하는 가교 역할을 하는 책.” **서덕희(경기 광교고 국어 교사)**

“우리 학생들이 재미있게 책 읽는 풍경을 기대하며 마음이 설렌다.” **신병준(경기 삼괴중 국어교사)**

“‘소설의 첫 만남’ 시리즈는 자신도 모르는 사이에
이야기 속으로 빠져들 수 있도록 재미와 기쁨을 전한다.” **최은영(경기 미사강변고 국어교사)**

“첫 만남은 언제나 가슴 설레는 일이다.
단편소설을 일러스트와 함께 소개하는 이 시리즈를 통해
책 읽기의 즐거움을 한껏 느낄 수 있기를 바란다.” **안찬수(시인, 책읽는사회문화재단 상임이사)**

작고 예쁜 문고판 서적이 독자들에게 찾아왔다. **시사인**

문제집 내려놓고 소설책 집어 들 때를 위한 책. 연애 꿈 등 청소년의 고민이 담겼다. **부산일보**

책 읽기에서 멀어진 청소년들이 우선 독자다. 개성 있는 일러스트가 돋보인다. **경향신문**

웹툰처럼 편하게 소설을 읽는다. **경인일보**

책을 손에 잡으면 잠부터 쏟아지는 사람을 위한 책.
독서에 익숙하지 않은 사람도 지루할 틈이 없다. **싱글즈**

흥미로운 이야기와 매력적인 삽화로 무장했다. 다채롭게 읽힌다. **매일경제**

소설의 첫 만남 활용북

펴낸이/강일우
책임편집/김영선
디자인/신나라
펴낸곳/(주)창비
등록/1986년 8월 5일 제85호
주소/경기도 파주시 회동길 184
전화/031-955-3333
팩시밀리/영업 031-955-3399 · 편집 031-955-3400
홈페이지/www.changbi.com
전자우편/ya@changbi.com